# LE CHAMP MAUDIT

Groupe d'édition la courte échelle inc.
Division la courte échelle
4388, rue Saint-Denis, bureau 315
Montréal (Québec) H2J 2L1
www.courteechelle.com

Direction éditoriale : Carole Tremblay
Révision : Thérèse Béliveau
Correction : Françoise Côté
Direction artistique : Julie Massy
Infographie : Catherine Charbonneau

Dépôt légal, 2016
Bibliothèque nationale du Québec

Le Groupe d'édition la courte échelle reconnaît l'aide financière du gouvernement du Canada pour ses activités d'édition. Le Groupe d'édition la courte échelle est aussi inscrit au programme de subvention globale du Conseil des arts du Canada et reçoit l'appui du gouvernement du Québec par l'intermédiaire de la SODEC.

Le Groupe d'édition la courte échelle bénéficie également du Programme de crédit d'impôt pour l'édition de livres – Gestion SODEC – du gouvernement du Québec.

**Catalogage avant publication de Bibliothèque et Archives nationales du Québec et Bibliothèque et Archives Canada**

Gravel, François

Le champ maudit

(Collection noire)
Pour enfants de 8 ans et plus.

ISBN 978-2-89695-983-9

I. Cathon, 1990-   . II. Titre.

PS8563.R388C42 2016          jC843'.54          C2016-941066-8
PS9563.R388C42 2016

Imprimé au Canada

François Gravel

# LE
# CHAMP
# MAUDIT

Illustrations de Cathon

la courte échelle

# 1

Chaque été, quand j'étais jeune, j'étais invité chez mon oncle Jean-Louis, qui vivait à la campagne.

J'adorais aller chez lui.

Dans sa ferme, il y avait une piscine, des balançoires, un immense carré de sable et tout plein d'animaux : des vaches, des chevaux, des poules, des canards, des chats, des lapins et surtout un vieux chien qui s'appelait Didier. C'était un épagneul français. Je passais presque tout mon temps avec lui.

Didier avait dix ans, ce qui est très vieux pour un chien, mais il était encore en forme. Quand nous courions tous les deux ou que nous jouions avec des balles et des bâtons, je me fatiguais avant lui.

Au bout de la cour se trouvait un champ de maïs. Les plants étaient tellement hauts qu'ils me dépassaient. Ils étaient même plus grands que mon oncle. Pour voir le champ en entier, il fallait monter à l'étage de la maison. Même à ce moment-là, on n'en voyait pas le bout. Mon oncle disait que son champ était grand comme l'océan.

Je pensais qu'il exagérait.

Je pensais qu'il exagérait aussi quand il affirmait qu'il n'y a rien de plus dangereux

qu'un champ de maïs. On peut facilement s'y perdre, me répétait-il toujours, et certaines feuilles sont aussi coupantes que des couteaux. Chaque été, il me faisait promettre solennellement de ne jamais m'y aventurer.

Je n'ai malheureusement pas tenu ma promesse et j'ai découvert à mes dépens qu'il avait raison : les champs de maïs peuvent se transformer en pièges redoutables.

## 2

Ce jour-là, je jouais au baseball dans la cour avec Didier, comme d'habitude, quand j'ai été témoin d'un phénomène étrange.

J'avais frappé la balle le plus loin possible et elle avait atterri tout près de l'extrémité du terrain de mon oncle, là où commence le champ de maïs.

Didier courait pour aller la chercher quand il s'est arrêté net à un mètre des plants.

Il a alors continué à avancer très lentement, la queue entre les jambes. On aurait dit qu'il rampait, ou qu'il voulait se transformer en taupe et disparaître dans le gazon. Je l'entendais même gémir.

Didier n'avait sûrement pas promis à mon oncle de ne jamais s'approcher du champ. S'il avait cette attitude, c'est qu'il avait peur, mais de quoi?

J'avais beau regarder, je ne voyais rien d'autre que des plants de maïs qui s'étendaient à l'infini.

Les chiens n'ont pas de très bons yeux, par contre tout le monde sait qu'ils ont un flair extraordinaire. Peut-être sentait-il quelque chose que je ne pouvais pas voir?

Même si Didier était tout près de la balle, il n'arrivait pas à franchir le dernier pas.

Je me suis approché, un peu craintif, et j'ai vu ce dont Didier avait peur : c'était d'un lapin ! Un petit lapin de rien du tout, pas plus gros qu'un chaton. J'ai à peine eu le temps d'apercevoir le bout de sa queue blanche qu'il s'enfuyait dans le champ.

J'ai ramassé la balle et je l'ai frappée de nouveau, mais Didier ne s'est pas précipité à sa poursuite comme il le faisait toujours. Il est plutôt allé se cacher sous le balcon, et il n'a pas voulu jouer avec moi du reste de la journée.

J'ai bien tenté de l'amadouer en lui offrant des biscuits, il n'y avait rien à faire. Il restait là, sans bouger, les yeux remplis de terreur.

Je me suis un peu moqué de lui, bien sûr : a-t-on déjà vu un chien avoir peur d'un lapin ?

Je sais maintenant que c'est lui qui avait raison.

# 3

Le lendemain matin, j'ai refait la même expérience : j'ai frappé la balle jusqu'à la lisière du champ de maïs, presque au même endroit que la veille. Didier n'a même pas couru vers elle. Il a pris la direction inverse et il a filé se cacher sous le balcon.

Je me suis approché lentement de la balle, qui était tombée un peu plus près des premiers plants de maïs, et j'ai une nouvelle fois aperçu le lapin. Il me semblait encore plus petit que la veille, de la grosseur d'un chaton naissant. Il était tout gris, avec une queue blanche. Je ne pouvais pas lui voir le museau parce qu'il me tournait le dos, mais j'étais sûr qu'il était mignon comme tout.

J'ai alors pensé qu'il s'était peut-être échappé du clapier et que ce serait un bon service à rendre à mon oncle de le rattraper.

J'ai fait un pas vers lui et j'ai dépassé la première rangée de maïs. Je ne courais aucun danger : en me retournant, je voyais très bien le terrain de mon oncle.

Je n'avais plus qu'à me pencher pour prendre le lapin et le ramener à la maison.

J'ai tendu la main pour le saisir par les oreilles, mais je n'ai pas réussi à l'attraper.

Il a fait un bond en avant, et il s'est placé hors de ma portée.

J'ai fait un pas de plus; il a alors bondi de nouveau, vers la gauche cette fois-ci, puis il s'est arrêté. Je me suis tourné pour voir si j'apercevais encore le terrain de mon oncle. C'était le cas. J'ai donc avancé d'un autre pas, mais il n'y avait rien à faire : aussitôt que j'approchais, le lapin faisait un bond vers la gauche, ou vers la droite, ou encore vers l'avant. Je l'ai suivi pendant une minute à peine, et il était déjà trop tard.

J'avais beau regarder dans toutes les directions, je ne voyais que des rangées de maïs.

C'est à ce moment-là que le lapin s'est tourné vers moi. Il avait les yeux rouges et des dents qui ne ressemblaient pas du tout à celles des lapins. Elles étaient toutes petites, pointues, et d'une blancheur si éclatante qu'on aurait dit qu'elles étaient phosphorescentes, comme ces jouets qui brillent dans la nuit.

Le pire, c'était qu'il me regardait en souriant. J'avais l'impression qu'il me défiait.

# 4

Au début, j'ai eu envie de rire en voyant cette bête minuscule essayer de m'effrayer en me montrant ses dents. Un si petit animal ne pouvait pas vraiment me faire du mal, après tout. S'il m'attaquait, je n'avais qu'à lui donner un bon coup de pied pour m'en débarrasser.

Je me suis aussitôt trouvé un peu stupide d'avoir cette idée : a-t-on déjà vu un lapin s'attaquer à un humain ?

Pourtant, plus je le regardais, plus j'étais convaincu qu'il s'apprêtait à me sauter dessus.

C'est à ce moment-là qu'il s'est mis à crier. C'était un bruit affreux, comparable à celui que font des ongles sur un tableau et qu'on aurait amplifié cent fois. Cette insupportable stridulation pénétrait par mes oreilles et circulait dans tout mon corps, de la pointe des orteils jusqu'à la racine de mes cheveux.

Je me suis bouché les oreilles, mais c'était pire : j'avais l'impression qu'un mal de dents se propageait dans tous mes os.

Je me suis approché du lapin et j'ai tenté de lui donner un coup de pied pour le faire taire, sans succès. La petite bête était plus agile que moi et bondissait aussitôt que je m'approchais. Elle me fixait avec un sourire narquois, ce qui rendait la situation encore plus désagréable.

Elle s'est remise à crier et je n'ai pas pu le supporter. J'ai alors couru comme un fou entre les rangs de maïs, changeant de direction au hasard, et j'ai réussi à la semer. Quand j'ai fini par m'arrêter, le souffle court, je ne voyais plus cette ignoble bête et je n'entendais plus son cri atroce. Je n'ai cependant pas pu m'en réjouir longtemps.

Je ne m'étais pas préoccupé des feuilles de maïs pendant ma course, et j'avais les bras ensanglantés. Mon oncle avait raison de prétendre qu'elles sont parfois plus coupantes que des rasoirs.

Pire encore, j'étais vraiment perdu.

# 5

Que je me tourne vers la droite ou vers la gauche, vers l'avant ou vers l'arrière, je ne voyais plus que des dizaines, des centaines, des milliers de plants de maïs deux fois plus grands que moi, et garnis de feuilles tranchantes.

Je me trouvais au milieu d'un labyrinthe végétal et je n'avais aucun moyen de savoir où j'étais.

J'ai essayé de grimper sur les plants qui me paraissaient les plus solides pour mieux m'orienter. Ils se pliaient toujours et je ne réussissais qu'à me blesser les mains. J'ai essayé de prendre deux tiges à la fois, sans résultat.

Mon père m'a toujours dit que si jamais je me perdais en forêt, il ne fallait surtout pas marcher au hasard. On risquait ainsi de s'égarer davantage et de rendre les recherches plus difficiles. La meilleure solution était de rester au même endroit, de signaler sa présence et de se faire un abri au cas où on aurait à y passer la nuit.

Je n'avais pas d'allumettes pour faire un feu, ni de couteau pour me construire un abri. J'ai décidé de crier le plus fort possible. Peut-être que je ne m'étais pas éloigné tant que ça, au fond, et que mon oncle me retrouverait facilement.

C'était une mauvaise décision : quelques instants plus tard, j'étais encerclé par
des dizaines de petites bêtes plus laides
les unes que les autres.

# 6

Elles ressemblaient au lapin, avec des têtes encore plus affreuses. Leurs yeux étaient d'un rouge si intense qu'on aurait dit des rayons laser et leurs nez retroussés leur donnaient un air provocateur.

Le pire était cette façon qu'elles avaient de me dévisager comme si elles n'avaient rien mangé depuis des mois et qu'elles s'apprêtaient à me dévorer.

J'ai alors regretté de ne pas avoir apporté mon bâton de baseball. J'aurais pu m'en servir pour me défendre. J'ai examiné le sol, à la recherche d'une branche ou de cailloux que j'aurais pu leur lancer. Il n'y avait rien d'autre que de la terre et de la poussière.

J'ai tenté de briser quelques épis pour les utiliser en guise de projectiles, mais je n'y suis pas arrivé.

Je n'aurais donc que mes pieds et mes poings pour me défendre si elles m'attaquaient, ce qui ne me servirait sans doute pas à grand-chose : les bêtes avaient des dents qui me semblaient plus coupantes que des rasoirs.

Le pire, c'était qu'il s'en ajoutait toujours de nouvelles, et de plus en plus grosses.

Elles s'approchaient lentement dans ma direction, un pas après l'autre, comme

si elles attendaient un signal pour passer
à l'attaque. Je crois que je n'ai jamais eu
aussi peur.

Un des lapins qui était derrière moi a
sauté sur mon mollet en poussant des cris
horribles. Il a commencé à déchiqueter
mon pantalon de ses dents tranchantes.

J'ai réussi à m'en débarrasser en secouant ma jambe, puis je l'ai botté comme je l'aurais fait avec un ballon de football.

Il est monté très haut dans les airs et a atterri durement sur le sol, sans toutefois se blesser, et il a continué à me fixer, l'œil encore plus mauvais.

J'étais fier de mon coup et j'étais bien déterminé à vendre chèrement ma peau, même si je savais que je n'aurais aucune chance si toutes ces bêtes m'attaquaient en même temps. Et c'était précisément ce qu'elles s'apprêtaient à faire : elles avançaient ensemble, d'un seul pas, très lentement, avec un air décidé.

# 7

J'ai fermé mes poings et j'ai pris une attitude de combat pour leur montrer que je ne me laisserais pas intimider. Elles ont alors figé sur place, puis elles ont fui dans toutes les directions.

J'ai pensé une seconde que c'était mon courage qui leur avait fait peur, mais j'ai vite compris que j'étais dans l'erreur. Sentant une présence dans mon dos, je me suis tourné et j'ai aperçu un énorme chien, deux fois plus gros que Didier.

Il est resté à une bonne distance et s'est mis à grogner si fort que j'avais l'impression que la terre en tremblait.

Une minute plus tard, son maître apparaissait. C'était un vieil homme très maigre, beaucoup plus grand que moi. Sa tête atteignait presque la pointe des plants de maïs, et ses cheveux jaunis ressemblaient aux barbes des épis. Son chapeau de paille était si vieux qu'on aurait cru qu'il ne l'enlevait jamais et que ses cheveux avaient poussé à travers les trous.

Il portait un jeans trop grand pour lui, retenu par des bretelles, et un étrange chandail blanc sur lequel était dessiné un lapin rose entouré d'un cœur. On aurait dit un pyjama de bébé. C'était si étonnant que j'ai mis du temps à m'apercevoir qu'il tenait une carabine dans sa main et qu'elle était pointée vers moi.

J'ai alors regardé ses yeux. Ils étaient aussi rouges que ceux des lapins.

Une pluie fine s'est mise à tomber, mais je n'avais pas besoin de ça pour avoir froid dans le dos. Le vieil homme m'a en effet souri, et j'ai aperçu ses vilaines dents noires, aussi pointues que celles des lapins.

# 8

— N'aie pas peur de moi, m'a-t-il dit.
Je suis ton ami. Si tu m'obéis, il ne t'arrivera rien. Tourne-toi vers la gauche, et
avance.

Sa voix me semblait froide et métallique, comme celle d'un robot, et son
regard n'avait rien d'amical. Si ce vieillard se prétendait mon ami, pourquoi me
menaçait-il d'une carabine ?

Quand je me suis tourné vers ma gauche, il a pointé sa carabine vers moi et son chien s'est mis à grogner.

– J'ai dit à gauche !

Cette fois-ci, il avait vraiment l'air fâché. On aurait juré que ses yeux lançaient du feu. Comment aurais-je pu savoir, moi, qu'il parlait de sa gauche à lui ?

J'ai changé de direction, et il a paru satisfait.

Nous avons marché quelques instants sous la pluie qui s'était mise à tomber de plus en plus fort, transformant la terre poussiéreuse en boue.

– Arrête ici ! a-t-il hurlé au bout de quelques instants.

J'ai alors aperçu une sorte de hutte faite avec des feuilles de maïs. On pouvait y accéder par une porte étroite.

— Entre ! m'a-t-il ordonné.

Je n'avais aucune envie de lui obéir, mais comment aurais-je pu tenir tête à un homme armé d'une carabine ?

— ENTRE ! a-t-il répété en criant, et j'ai vu son visage se transformer. Il avait maintenant les yeux encore plus rouges, injectés de sang, et affichait un rictus haineux.

Je me suis tourné vers la hutte et j'ai pu y apercevoir des dizaines de paires d'yeux rouges qui me regardaient fixement.

L'un des lapins s'est mis à crier, et les autres ont bientôt suivi. J'ai cru que ma tête allait exploser.

# 9

Tout à coup j'ai entendu un chien grogner, mais ce n'était pas celui de mon agresseur. Didier est apparu, comme sorti de nulle part, et il a sauté sur le bras du vieil homme, faisant tomber sa carabine.

Le gros chien a alors attaqué Didier pour protéger son maître, et il s'en est suivi une bataille féroce et sanglante.

J'en ai profité pour courir le plus rapi-
dement possible en me guidant sur les
traces que Didier avait laissées dans la
boue.

La terre était si détrempée que je suis
tombé plusieurs fois, et je me suis encore
coupé les mains et les bras en tentant
d'écarter les feuilles tranchantes. J'avais si

hâte de me sortir de ce cauchemar que je ne les sentais même pas.

Quand je suis enfin parvenu, complètement épuisé, à la ferme de mon oncle, celui-ci était entouré d'hommes qui portaient des fourches et des carabines.

– Qu'est-ce qui t'est arrivé ? m'a demandé mon oncle. Nous allions faire une battue pour te retrouver.

J'ai repris mon souffle et j'en ai profité pour mettre un peu d'ordre dans mes pensées.

Je n'ai pas osé lui parler des créatures diaboliques, de peur qu'il ne me croie pas, et je lui ai simplement raconté que j'avais cru voir un lapin, que je l'avais suivi, et que j'avais été menacé par un vieillard qui portait un chandail de bébé, sur lequel on voyait un lapin entouré d'un cœur.

Quand ils m'ont entendu décrire le chandail, les hommes et les femmes qui m'entouraient ont fait un pas en arrière et m'ont semblé horrifiés.

– C'est lui ! s'est exclamé un des hommes. C'est le vieux Nick ! Il est revenu !

J'ai ensuite raconté l'intervention de Didier, et mon oncle a eu l'air ému.

– Cette brave bête t'a sûrement sauvé la vie, m'a-t-il dit.

– Lançons-nous immédiatement à la poursuite du vieux Nick, s'est écrié un autre homme. Nous aurons peut-être l'occasion de lui régler son compte une fois pour toutes !

Ils ont tous acquiescé et sont entrés dans le champ, armes à la main.

J'étais pour ma part mort de fatigue et j'aurais voulu aller me laver, mais je n'avais pas l'intention de rester là à les attendre. J'ai saisi mon bâton de baseball et je les ai suivis.

# 10

Les traces de mes pas étaient encore fraîches dans la boue et nous n'avons eu aucun mal à les suivre.

Nous avons marché entre les rangées de maïs et nous avons bientôt aperçu la hutte. Une fois arrivés, les hommes se sont arrêtés net et ont baissé leurs armes. Ceux qui portaient des chapeaux les ont enlevés.

Nous étions devant le cadavre de Didier. La pauvre bête était morte au bout de son sang.

Un des hommes armés d'une fourche s'est risqué à pénétrer dans la hutte. Elle était vide.

– Regardez par ici ! a fait observer quelqu'un. Il y a d'autres traces…

Une piste partait en effet de la hutte et s'éloignait dans le champ. Nous avons aussi vu des taches de sang sur des feuilles de maïs. Il était impossible de savoir si c'était le sang du chien ou celui du vieux Nick.

Nous avons suivi la piste pendant un certain temps, puis nous l'avons perdue.

— La nuit va bientôt tomber, a constaté un des hommes. Nous n'aurons plus aucune chance de le rattraper.

— Nous reviendrons demain avec des chiens! a ajouté un autre homme. Il ne s'en tirera pas si facilement!

# 11

Nous sommes rentrés à la maison de mon oncle, silencieux, et nous avons enterré Didier dans la cour.

C'est mon oncle qui a creusé la fosse. Avant de jeter la terre sur lui, il y a déposé ses jouets préférés : une balle, un os en caoutchouc et un vieux Frisbee tout mâchonné. Un des hommes a fabriqué une croix de bois, qu'il a plantée dans le sol.

– Didier le mérite bien, a dit mon oncle. C'était une brave bête.

Les hommes sont ensuite partis et mon oncle m'a raconté l'histoire du vieux Nick, qui avait terrorisé tous les enfants de la région pendant des années. Il se cachait souvent dans des granges délabrées ou des bâtiments abandonnés. Chaque fois, il inventait de nouveaux pièges pour attirer les enfants. Il leur montrait des jouets qu'ils désiraient, ou bien des petits animaux. Mon oncle était tombé dans un de ces pièges quand il avait mon âge, et il avait réussi lui aussi à échapper de justesse au vieux Nick.

Certains de ses amis n'avaient pas eu autant de chance et on ne les avait jamais revus.

Il y avait longtemps qu'il n'avait pas sévi, si bien que plusieurs le croyaient mort, ou pensaient qu'il avait quitté la région.

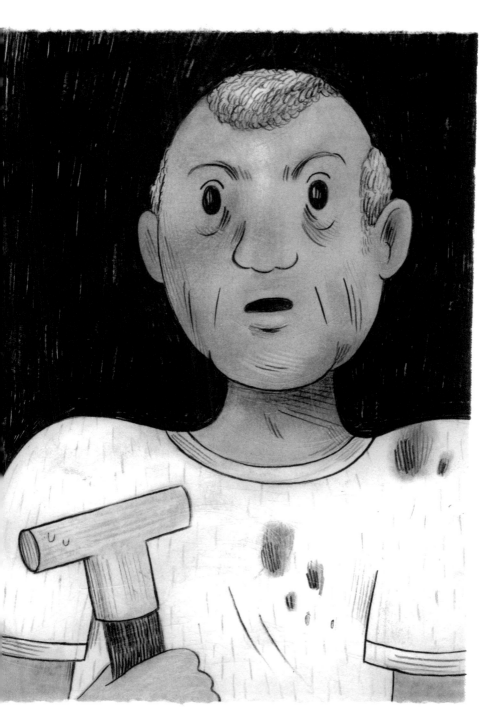

— Nous reprendrons nos recherches demain, mais ça m'étonnerait beaucoup qu'on le retrouve, malheureusement.

Sur ces mots nous sommes entrés dans la maison, où j'ai pu enfin me laver et panser mes blessures.

Mon oncle m'a ensuite servi un bon repas, que je n'ai pas pu terminer parce que j'étais mort de fatigue. J'ai réussi à grand-peine à me rendre jusqu'à mon lit, où je me suis écroulé comme une masse.

# 12

Le lendemain matin, une cinquantaine d'hommes ont ratissé le champ en long et en large. Certains d'entre eux étaient des policiers et ils étaient accompagnés de chiens spécialement dressés pour suivre des pistes.

Ils n'ont rien trouvé, pas même la hutte du vieil homme.

Quand ils sont revenus à la maison, mon oncle a demandé à ses amis fermiers d'aller chercher leurs moissonneuses-batteuses.

— Nous allons raser ce champ, a-t-il décidé. Tant pis si je perds ma récolte. Je veux en avoir le cœur net !

À la fin de la journée, il ne restait plus de ce champ de maïs que quelques tiges et des feuilles mortes. Personne n'avait vu la moindre trace du vieux Nick.

# 13

Il y a très longtemps de cela et je suis depuis devenu un adulte. Je retourne chaque été à la ferme de mon oncle. Il habite toujours au même endroit, même s'il est retraité. Il a vendu son champ à un autre cultivateur, qui produit du soya.

Maintenant que j'ai grandi, le champ me paraît beaucoup moins grand. Il est tout de même immense et s'étend presque à perte de vue. Chaque fois que je le vois, je ne peux pas m'empêcher de penser au vieux Nick. Je me demande s'il est vraiment disparu ou s'il rôde encore quelque part, dans une autre plantation de maïs. Une chose est sûre, je n'ai jamais osé y remettre les pieds.

Je me recueille souvent sur la tombe de Didier, et il m'arrive parfois de verser une larme en songeant à ce qu'il a fait pour moi.

La croix est encore bien en place, et je veillerai à ce qu'elle le soit toujours.

# François Gravel

Né en 1951, François Gravel a d'abord en-
seigné l'économie avant de bifurquer vers
l'écriture. Il a écrit une soixantaine de romans
qui s'adressent aux adultes (*Filion et frères,
Nowhere man*), aux adolescents (*Ho, La
cagoule, La piste sauvage*) ou aux plus jeunes
(*Klonk, David, Zak et Zoé*). Il a aussi publié
des albums et des poèmes pas très sérieux
(*Quand je serai grand, Débile toi-même*),
de même que des documentaires amu-
sants (*Shlick, Cocorico*) et des ouvrages
inclassables (*Le guide du tricheur*). Ses livres
lui ont valu de nombreux prix et distinctions
(prix M. Christie, Prix TD, prix du Gouverneur
général, liste d'honneur Ibby). Il a l'intention
d'écrire jusqu'à ce qu'il atteigne l'âge de
quatre-vingt-cinq ans. Il prendra alors deux
semaines de vacances (mais pas plus !) avant
de s'y remettre.

# Cathon

Cathon a quitté la ville de Québec en 2010 pour venir s'installer à Montréal. Soulagée d'avoir enfin terminé son baccalauréat en arts visuels et médiatiques à l'UQAM, elle se consacre maintenant à la bande dessinée et à l'illustration. Cathon publie aux éditions Pow Pow, La Pastèque et Comme des géants. Elle aime aussi pêcher la truite.

la courte échelle  noire

Des romans pour les amateurs de sensations fortes.

HORREUR    SUSPENSE    ENQUÊTE

( ( (    7 ANS Et +

( ( (    9 ANS Et +

( ( (    11 ANS Et +

# Dans la même collection

*L'homme de la cave*
Alexandre Côté-Fournier

*L'agence Mysterium –*
*L'étrange cas de madame Toupette*
Alexandre Côté-Fournier

*Les vieux livres sont dangereux*
François Gravel

*Je suis un monstre*
Denis Côté

*Terminus cauchemar*
Denis Côté

# MARQUIS

Québec, Canada

MIXTE
Papier issu de
sources responsables
FSC® C103567

Imprimé sur du Rolland Opaque, contenant 30% de fibres
postconsommation, fabriqué à partir d'énergie biogaz,
certifié FSC® et ÉCOLOGO.

PERMANENT    BIO GAZ    30%
ÉNERGIE